ᓂᐱᑭᑦᑐᑦ ᓂᐱᒃᑮᓪᓗ
NIPIKITTTUT NIPIKKIILLU
QUIET AND LOUD

ᑐᒃᑲᕆᐊᓕᒃ ᓂᐱᑭᑦᑐᖅ.

Tukkarialik nipikittuq.

The bicycle is quiet.

ᖃᖓᑕᓲᖅ ᓂᑉᐱᒃᑭᐊᓗᒃ.

Qangatasuuq nippikkialuk.

The airplane is loud.

ᐊᕕᙱᖅ ᓂᐱᑭᑦᑐᖅ.

Avinngaq nipikittuq.

The lemming is quiet.

ᕿᒻᒥᖅ
ᕿᒧᒃᓯᕈᑎᒋᔭᐅᓲᖅ
ᓂᐱᒃᑭᖅ.

Qimmiq
qimuksirutigijausuuq
nipikkiq.

The sled dog is loud.

ᐊᐳᑎ ᓂᐱᑭᑦᑐᖅ.

Aputi nipikittuq.

The snow is quiet.

ᖃᒧᑕᐅᔭᖅ ᓂᐱᒃᑭᖅ.

Qamutaujaq nipikkiq.

The snowmobile is loud.